S

Chalet, secret et gros billets

Illustrations
de Pierre Durand

la courte échelle

Les éditions de la courte échelle inc.

Les éditions de la courte échelle inc.
5243, boul. Saint-Laurent
Montréal (Québec) H2T 1S4

Conception graphique:
Derome design inc.

Révision des textes:
Jean-Pierre Leroux

Dépôt légal, 3e trimestre 1993
Bibliothèque nationale du Québec

Données de catalogage avant publication (Canada)

Sarfati, Sonia

Chalet, secret et gros billets

(Premier Roman; PR32)

ISBN: 2-89021-196-7

I. Durand, Pierre, 1955- II. Titre. III. Collection.

PS8587.A3767C42 1993 jC843'.54 C93-096611-2
PS9587.A3767C42 1993
PZ23.S27Ch 1993

Sonia Sarfati

Sonia Sarfati est née à Toulouse en 1960. Elle a étudié la biologie et le journalisme. Maintenant, elle est journaliste aux pages culturelles de *La Presse* où elle s'occupe particulièrement du domaine jeunesse. Elle travaille aussi à la *Presse Canadienne,* elle enseigne la littérature jeunesse à l'Université du Québec à Trois-Rivières et elle tient une chronique jeunesse à *VSD bonjour,* à la radio de Radio-Canada. Elle a déjà publié un traité humoristique sur les plantes sauvages et six livres pour les jeunes. Elle a reçu différents prix de journalisme et, en 1990, elle a obtenu le prix Alvine-Bélisle qui couronne le meilleur livre jeunesse de l'année.

Comme Raphaël, Sonia Sarfati a l'impression de se mettre les pieds dans les plats quand elle chausse des patins, mais elle a trouvé un bon professeur: son fils Jared.

Chalet, secret et gros billets est le quatrième roman qu'elle publie à la courte échelle.

Pierre Durand

Né à Montréal en 1955, Pierre Durand a fait des études en graphisme au cégep du Vieux-Montréal. Il travaille maintenant depuis plus de quinze ans. Il aime bien rigoler, alors la caricature, la bande dessinée et le dessin humoristique n'ont pas de secrets pour lui. Présentement, il est graphiste à l'ONF et il se permet, quand c'est possible, d'illustrer des affiches et des vidéos.

Contrairement à Raphaël, Pierre Durand ne se débrouille pas si mal sur deux lames... Il patine surtout par en avant, un peu par en arrière, mais il éprouve encore de la difficulté à freiner subitement. Gare à vous cet été, car il a l'intention de chausser des patins aux roues alignées! *Chalet, secret et gros billets* est le deuxième roman qu'il illustre à la courte échelle.

De la même auteure, à la courte échelle

Collection Premier Roman

Tricot, piano et jeu vidéo

Collection Roman Jeunesse

La ville engloutie
Les voix truquées

Sonia Sarfati

Chalet, secret et gros billets

Illustrations
de Pierre Durand

la courte échelle

Introduction

Raphaël essaie de rester en équilibre sur ses patins à glace. Pas facile, car il ne se trouve pas sur une patinoire. Il fait de la «marche en patins» sur le trottoir de la rue du Mont-Royal et tente désespérément de rentrer chez lui.

Il «patine» donc sur le trottoir. Pas parce qu'il veut se faire remarquer... même si c'est ce qui se produit. Pas parce qu'il veut inscrire son nom dans le livre des records.

Non, tout cela, c'est à cause de ce qui s'est passé hier.

1
Le trésor de Sylvain

— Clé! Tournevis! Marteau!

Sylvain, qui répare sa motoneige, donne des ordres précis. Et ses deux assistants, Raphaël et Myriam, s'empressent de répondre à chaque demande.

— Pince universelle, lance encore Sylvain.

Mais rien ne vient.

Irrité, l'adolescent âgé de dix-sept ans lève les yeux vers sa soeur et Raphaël. Il répète «pince universelle».

Myriam et son meilleur ami échangent un regard embêté.

— Une pince universelle,

c'est quoi? demande Raphaël.

— Eh bien, c'est... commence Sylvain en examinant la boîte à outils.

Mais il ne termine pas sa phrase.

— Ah non! Je l'ai laissée dans ma chambre quand le grand Sam me l'a rapportée! Tu vas me la chercher, soeurette?

Sylvain explique rapidement à quoi ressemble l'outil et Myriam se précipite dans la maison.

Parce qu'elle adore son frère. Et parce que Sylvain leur a promis, à Raphaël et à elle, qu'il leur apprendrait à conduire la motoneige, le week-end prochain, au chalet.

Mais quand Myriam revient, Raphaël se rend compte que quelque chose la préoccupe.

— Qu'est-ce qui? commence-t-il.

— Tout à l'heure, Raph, murmure Myriam.

Le temps semble alors s'étirer. Pourtant, il ne s'écoule qu'une demi-heure entre le retour de Myriam et le moment où le moteur de la motoneige se met à ronronner.

— On a réussi! s'exclame Sylvain. On est des champions! Pas vrai, les jeunes?

Les «jeunes» sourient au «vieux», mais ils ne disent rien. Ils ont envie d'être seuls. Et de discuter de choses sérieuses.

— Tu n'as plus besoin de nous? demande Myriam.

— Non, soeurette! Tu peux t'en aller avec ton... chum.

À ces mots, Raphaël et Myriam se transforment en poissons rouges manquant d'oxygène. Ça, c'est vraiment très rouge!

Un peu plus tard, quand les deux amis se retrouvent dans la chambre de Myriam, Raphaël laisse aller sa curiosité.

— Alors, Myriam, qu'est-ce qu'il y a? demande-t-il.

— Sais-tu ce que j'ai découvert dans la chambre de Sylvain? lui répond son amie.

— Bien sûr! La pince universelle.

— Oui, reprend Myriam. Mais j'ai aussi vu cinq cents dollars environ, en billets de dix et de vingt dollars.

2
Le trafic de Sylvain, le secret de Raphaël

— Sylvain a peut-être vendu sa vieille moto, suggère Raphaël, le lendemain matin, en route vers l'école avec Myriam.

— La vieille moto est dans le garage, je l'ai encore vue hier, répond son amie en haussant les épaules.

— Il a peut-être récupéré de l'argent qu'un de ses copains lui devait, propose encore Raphaël.

— Sylvain n'a jamais assez d'argent pour lui. Alors, comment pourrait-il en prêter à quelqu'un?!

Décidément, Myriam est décourageante, ce matin, pense Raphaël.

— J'ai trouvé! s'exclame-t-il, espiègle, lorsqu'ils approchent de l'école. Sylvain a remporté le prix de cinq cents dollars remis au gars le plus aimable avec ses professeurs!

Là, Myriam éclate de rire. Sylvain est bien gentil quand il veut. Mais... avec les professeurs, il ne veut pas souvent!

Surtout depuis qu'il fait partie de la bande de Sam Levert et que, comme dit Myriam en plaisantant, il est devenu «un peu bandit».

— Non, fait-elle. S'il a gagné un prix, c'est celui du...

Sa phrase reste inachevée, car son frère se trouve devant la clôture de la cour d'école. Il remet un petit paquet à Damien, l'ennemi de Raphaël. Et Damien tend des billets à Sylvain.

— Je te donnerai le reste demain, lance Damien.

— Je te fais confiance, répond Sylvain en mettant l'argent dans sa poche. Mais ne m'oublie pas. Parce que moi, je

ne t'oublierai pas.

Et Sylvain tourne le dos à Damien... qui en profite pour lui tirer la langue.

D'un air décidé, Raphaël s'avance alors vers celui qui est devenu son pire ennemi depuis un certain championnat de jeux vidéo.

— Qu'est-ce qu'il te voulait, le frère de Myriam? demande Raphaël.

Surpris, Damien recule d'un pas. Mais il se reprend vite et il hausse un sourcil moqueur.

— Ça, ce n'est pas de tes affaires. Mais comme je me sens généreux, je vais te donner un indice. Disons que... que tu n'es pas assez vite sur tes patins pour te mêler de ces choses-là!

Sur ce, Damien s'en va.

Raphaël et Myriam se regardent, inquiets.

Que peut contenir ce paquet échangé contre de l'argent? Les mots qui seront utilisés pour le concours d'épellation? Une cassette piratée d'un nouveau jeu vidéo? Des cigarettes? Ou, pire... de la drogue?!

— Impossible, affirme Myriam. Mon frère n'est pas un bandit. Il essaie seulement d'avoir l'air d'en être un... pour embêter mes parents, je crois.

— Alors, suggère Raphaël, il faut peut-être chercher du côté de l'indice que Damien m'a donné.

Et il répète les mots que Damien lui a dits: «Tu n'es pas assez vite sur tes patins pour te mêler de ces choses-là.»

«Être vite sur ses patins», cela peut vouloir dire «être déniaisé»... comme ceux qui trichent, fument ou se droguent pensent qu'ils sont. Cela peut aussi signifier simplement «patiner vite».

— Raph, j'ai trouvé une explication! s'exclame Myriam. Le jeudi soir, Sylvain travaille au centre sportif. Il balaie les gradins qui entourent la patinoire! Patinoire... Patins... Tu vois?

Oui, Raphaël voit très bien. Et il n'a qu'une envie: changer de sujet de conversation. Mais pas Myriam.

— Il faut qu'on aille l'espionner à la patinoire! Il va sûrement se passer quelque chose là-bas! continue-t-elle.

Elle s'interrompt et fronce les sourcils.

— Zut! J'ai mon cours de piano, le jeudi après l'école. Il faudra donc que tu y ailles tout seul...

Raphaël avale sa salive avec difficulté.

— Aller où?

— Au centre sportif! Il doit y avoir du patinage libre, le jeudi. Alors, tu vas patiner et tu surveilles Sylvain.

Malgré le froid qui lui rougit le visage, Raphaël pâlit. Ça ne va jamais bien pour lui quand on parle de patinage...

Parce que Raphaël ne sait pas patiner.

3
Premier cours

À vrai dire, la simple vue de patins donne la chair de poule à Raphaël.

Pour la bonne raison que personne ne lui a appris à se déplacer avec ces engins bizarres aux pieds.

Son père ne patine pas. Sa mère patine comme si elle avait trois jambes de bois. Sa petite soeur Sarah hurle à la seule vue d'une patinoire. Sa chienne Taxi se transforme en tapis dès qu'elle pose une patte sur une surface glacée.

— Voilà! dit-il à son amie en

soupirant, après lui avoir révélé ce lourd secret.

Myriam n'en revient pas. Elle a toujours cru que patiner, c'était comme monter à vélo: tout le monde apprend ça de ses parents avant d'entrer à l'école! Cela fait partie de leur rôle, non?

— Je vais te montrer, décide-t-elle alors. Tous les après-midi, après l'école, on ira au lac des Castors, sur le mont Royal. D'ici jeudi, tu devrais réussir à te débrouiller.

Raphaël soupire. Il n'a même pas de patins. Mais Myriam a encore une fois la solution: une vieille paire appartenant à son cousin se trouve quelque part chez elle.

Vers quinze heures trente, les deux amis arrivent au chalet qui se trouve près de la patinoire du lac des Castors.

Raphaël enfile ses patins en se disant qu'en réalité il est en train de se mettre... les pieds dans les plats.

Puis, avec un soupir, il se lève et suit son amie. Pour l'instant, ça va: il marche sur du ciment.

— Donne-moi la main, propose Myriam en mettant un pied, puis l'autre, sur la patinoire.

Et elle attrape fermement la main de Raphaël.

— Hééééééééééé... bêle son ami.

— Laisse-toi aller, tu vas voir, c'est facile!

— Hééééééééééé...

— Raph, arrête de me retenir comme ça! Sinon je vais être déséquilibréééééééééééée! crie

Myriam... qui se retrouve à plat ventre sur la glace, Raphaël par-dessus elle.

En soupirant, ils se relèvent et, lentement, ils s'éloignent du chalet. De temps en temps, Raphaël perd l'équilibre. Et il tombe encore et encore. Paf! sur le genou droit! Bing! à quatre

pattes! Ayoye! sur le derrière!

— Oh non! s'écrie un peu plus tard Myriam. Il est dix-sept heures! J'ai promis à ma mère d'être à la maison avant son retour et je suis déjà en retard. Penses-tu que je peux te laisser? J'irai plus vite si je retourne au chalet toute seule.

— Je vais me débrouiller, soupire Raphaël. Et je te promets de ne pas dépasser la limite de vitesse!

Il regarde son amie «s'envoler» sur la glace. Puis il prend le chemin du retour.

Il tombe une fois. Il tombe trois fois en essayant de se relever. Il se laisse glisser jusqu'à un banc, auquel il s'agrippe pour se remettre debout. Il retombe. Et il ne bouge plus.

Non, Raphaël ne s'est rien cassé.

Mais ce rire qui vient de retentir derrière lui, il le reconnaît trop bien. C'est celui de Damien.

— Je ne savais pas à quel point j'avais raison quand je t'ai dit que tu n'étais pas vite sur tes patins! Tu sais, le jeudi soir, il y a des cours de patinage au centre sportif! Tu devrais t'y inscrire, dit Damien tout en tournant autour de Raphaël.

Puis il s'en va, à la vitesse de l'éclair. Raphaël se relève alors et poursuit péniblement son chemin. Une éternité plus tard, il entre dans le chalet.

Il soupire de soulagement en s'asseyant. Et il soupire de désespoir en s'apercevant que ses bottes ont disparu...

4
Deuxième cours

Le concierge du chalet n'a rien vu. Et Raphaël a beau passer au peigne fin le dessous des bancs et le dessus des cases, il ne retrouve pas ses bottes.

— Laisse-moi ton numéro de téléphone, mon garçon, dit le concierge. Si je les aperçois, j'appellerai chez toi.

En attendant, Raphaël n'a pas le choix: avec précaution, il se dirige, patins aux pieds, vers l'arrêt d'autobus.

Il lui faut ensuite convaincre le chauffeur de le laisser monter ainsi chaussé. Ce n'est pas évident... à part si on est bon comédien. Mais Raphaël est un excellent comédien.

Et voilà pourquoi, une dizaine de minutes plus tard, il atteint la rue du Mont-Royal. Il doit marcher quatre pâtés de maisons pour arriver chez lui.

C'est très long en patins, sous le regard moqueur des passants...

Mais il en faudrait plus que ça pour que Raphaël perde son sens de l'humour. D'ailleurs, lorsqu'il raconte sa mésaventure à Myriam, au téléphone, celle-ci s'étouffe de rire. Jusqu'à ce que son ami lui parle du cours de patinage.

— C'est le jeudi soir?! Mais c'est génial, Raph! s'exclame-t-elle. Si tu t'inscris, tu auras l'excuse idéale pour te trouver au centre sportif en même temps que Sylvain.

Après tout, pourquoi pas, se dit Raphaël. Il n'y a rien de mal à apprendre à patiner. Au contraire!

Trois jours plus tard, il se présente donc à la patinoire. Sur l'épaule, il porte ses patins; aux pieds, les bottes que le concierge

du chalet du lac des Castors a retrouvées... dans les toilettes!

Raphaël s'installe sur un banc et se déchausse.

— Salut! lui dit une fille en s'asseyant près de lui.

Une autre fille arrive alors. Puis une troisième. Bientôt, elles sont une quinzaine autour de Raphaël... qui se sent soudain un peu seul. Arrive ensuite Pascale, l'instructrice.

— Sur la glace! lance-t-elle après avoir chaussé ses patins. Quinze minutes d'échauffement!

Raphaël est le dernier à sauter sur la patinoire. Il a à peine franchi cinq mètres que les autres élèves, qui ont déjà fait le tour de la glace, commencent à le dépasser.

Raphaël se demande ce que ces filles font dans un cours de patinage: elles n'ont visiblement plus rien à apprendre!

Mais Raphaël se trompe. Alors qu'il termine son troisième tour de patinoire, Pascale demande à tous de la rejoindre.

— Combien d'entre vous sont capables de faire des arabesques? lance-t-elle.

— Des quoi?!

Le cri est sorti, involontairement, de la bouche de Raphaël. Tous les regards se tournent vers lui, étonnés.

— Des arabesques, reprend Pascale en souriant.

Et, s'élançant sur la glace, elle écarte les bras de chaque côté de son corps. Elle se laisse glisser sur un seul patin, la jambe gauche bien tendue dans les airs, derrière elle.

Puis elle répète à l'attention de Raphaël:

— Des arabesques, quoi! Qu'est-ce que tu crois qu'on apprend, dans un cours de patinage artistique?

Soudain, dans les gradins, quelqu'un éclate de rire.

Damien, bien sûr. Toujours Damien.

5
Marché conclu!

Raphaël serre les dents, alors que la colère monte en lui. Encore une fois, il s'est fait avoir par son ennemi juré. Comme lundi, au lac des Castors.

Parce que la disparition de ses bottes n'était pas due au hasard. Raphaël l'avait compris mardi, quand Damien lui avait dit: «Tu as mis tes vieilles bottes? C'est mieux: les autres étaient trop belles... elles auraient pu attirer les voleurs!»

Et Damien avait ri. Comme il rit maintenant. Heu... mais non! Il ne rit plus. Il vient d'être rejoint par quelqu'un, et son humeur semble soudain beaucoup moins bonne.

Raphaël regarde avec attention le nouveau venu, qu'il ne voit que de dos. Un grand gars portant une veste de cuir noir. Damien et lui se lèvent et quittent les gradins par une porte qui donne sur le couloir où se trouve le comptoir à hot-dogs.

Oubliant les arabesques de Pascale, oubliant aussi qu'il ne sait pas patiner, Raphaël s'élance sur la glace en criant à l'instructrice qu'il doit s'absenter un moment. Car le garçon qui se trouve en compagnie de Damien est nul autre que Sylvain.

Raphaël monte, patins aux pieds, dans les gradins. Arrivé près de l'endroit où discutent

Damien et Sylvain, il se dissimule derrière une colonne et ouvre grandes les oreilles.

— Tu m'as oublié, garçon, dit Sylvain.

— Non, non! riposte Damien. C'est juste que... que je ne t'ai pas vu, à l'école, pour te donner le reste de l'argent!

— D'accord, d'accord. Mais maintenant, tu me vois. Alors, tu me paies et on reste copains.

— C'est que... je n'ai pas d'argent sur moi.

Sylvain se racle la gorge, comme s'il était très embêté.

— Bon... je te laisse une dernière chance. Je travaille encore pendant deux heures. Tu as sûrement le temps d'aller chez toi, de prendre l'argent et de me le rapporter ici. Qu'en dis-tu?

Damien prend alors ses jambes à son cou et quitte le centre sportif.

C'est le moment que choisit Raphaël pour se montrer.

— Tiens! Salut, Sylvain! s'exclame-t-il, comme s'il était surpris de rencontrer là le frère de Myriam.

Sylvain examine Raphaël de la tête aux pieds. En fait, il regarde surtout ses pieds. Encore chaussés de patins.

— Je... je prends un cours de patinage, explique Raphaël.

— Bien sûr, le jeune, répond Sylvain sur un ton moqueur. Et ça patine bien, ici, dans le couloir?

Raphaël soupire. Il n'est pas de taille à rivaliser avec le frère de Myriam. Mieux vaut avouer... mais en arrangeant juste un peu la vérité.

— Bon, je vais tout te dire! soupire Raphaël. Je t'ai vu et entendu parler, à l'école, puis ici, avec Damien. Et... je veux la même chose que lui.

Sylvain pâlit. Ses mâchoires se serrent.

— Tu as répété tout ça à quelqu'un? gronde-t-il.

Respirant avec difficulté, Raphaël fait signe que non et le visage de Sylvain se détend un peu.

— Tu es sûr de ce que tu me demandes, le jeune? continue le frère de Myriam. Tu veux faire comme Damien? Tu n'as pourtant pas l'air de... de ce genre-là.

Raphaël hausse les épaules.

— Oui, je sais ce que je veux, affirme-t-il en tâchant de prendre un ton assuré.

Sylvain fait un sourire crispé.

— D'accord, dit-il en soupirant. Mais, comme tu t'en doutes, je n'ai pas le matériel sur moi.

Raphaël hoche la tête d'un air entendu, tandis que Sylvain continue:

— Tu viens au chalet, ce week-end, avec Myriam?

Raphaël fait oui de la tête.

— Parfait, poursuit Sylvain. J'y serai aussi, avec mes «recrues». Vous avez besoin d'entraînement avant de travailler pour moi. Je te donnerai ce qu'il faut là-bas.

Sourire en coin, il lance:

— Surtout, n'oublie pas ton argent. Soixante-dix dollars, pas un sou de moins. Maintenant, laisse-moi, j'ai du travail.

Mais, avant d'entreprendre son «travail», Sylvain approche son visage de celui de Raphaël.

— En attendant, tu te tais, le jeune. Pas un mot de tout cela à quiconque. Tu comprends?

— Oui, souffle Raphaël. Mar... marché conclu!

Raphaël a beau s'en retourner le plus vite possible, il se sent paralysé. Paralysé d'horreur. Car ce qu'il vient d'entendre lui confirme une chose: Sylvain fait du trafic. Mais de quoi? Mystère...

6
L'entraînement des «recrues»

Même s'il a promis à Sylvain de ne rien dire, Raphaël se précipite chez Myriam et il lui raconte tout. Myriam n'en croit pas ses oreilles.

— Je savais que Sylvain amenait des amis au chalet pour le week-end: je l'ai entendu en discuter avec mes parents cette semaine. Il était question de jeunes rencontrés au centre sportif et de patinage sur le lac.

Elle secoue la tête en soupirant, avant de continuer:

— Malgré ce que tu me dis, Raph, je ne peux pas croire que

mon frère soit impliqué dans un trafic... Attendons jusqu'à samedi pour agir, d'accord?

Raphaël sourit. C'est exactement ce qu'il pensait.

Le samedi matin, Myriam et Raphaël, au chalet depuis la veille, attendent avec impatience l'arrivée des «autres»: Sylvain, ses «recrues» et le père de Myriam, qui transporte tout le monde dans sa fourgonnette.

Le bruit du moteur se fait finalement entendre. Une dizaine de garçons sortent du véhicule. Parmi eux, Damien. Qui s'interrompt en voyant Raphaël.

— Qu'est-ce que tu fais ici? demande-t-il d'un ton insolent.

— La même chose que toi, riposte Raphaël.

— Ça, ça m'étonnerait! s'exclame Damien en pouffant de rire.

Et, se tournant vers les autres jeunes, il poursuit:

— Eh, les gars, devinez ce que Raphaël vient de...!

Mais Damien ne termine pas sa phrase, car Sylvain vient de l'empoigner par une épaule.

— Je t'avais prévenu que je ne voulais pas de problèmes ici, dit le frère de Myriam. J'ai toutefois l'impression que tu n'as rien compris. On va régler ça tous les quatre dans une seconde.

Auparavant, Sylvain indique aux autres jeunes de prendre leurs affaires et de suivre le chemin qui conduit au lac.

— Préparez-vous, mais surtout attendez-moi avant de commencer.

Puis il revient à ses oignons. Ou plutôt, à Damien.

— Tu sais que j'ai hésité avant de t'accepter dans mon équipe, dit-il. Parce que tu embêtes souvent ma soeur et, surtout, son ch... son copain Raphaël. Vrai ou faux?

Damien soupire.

— J'imagine que tu veux dire «vrai», continue Sylvain. Finalement, je t'ai accepté, car j'ai entendu dire que tu avais du talent. Mais je peux encore changer d'idée. Vrai ou faux?

— Vrai, répond Damien d'une toute petite voix.

— C'est bien. Alors, tu vas prendre tes affaires et tu vas rejoindre les autres. Et tu restes tranquille. Compris?

Cette fois-ci, Damien ne répond pas. Il court chercher son sac et s'enfonce dans le chemin.

Satisfait, Sylvain se retourne en souriant vers sa soeur... qui le regarde, des larmes plein les yeux. Ce que Raphaël lui a raconté et ce qu'elle vient d'entendre l'a convaincue: son frère fait quelque chose d'illégal.

— Mais enfin, qu'est-ce qui se passe!? s'exclame Sylvain.

Mots et sanglots se mélangent dans la gorge de Myriam.

— On sait tout, Sylvain! déclare-t-elle sur un ton dramatique. Dimanche, j'ai trouvé l'argent dans ta chambre. Et je t'ai vu, lundi, vendre quelque chose à Damien. Puis, tu as avoué à Raph que tu venais au chalet, ce week-end, pour entraîner tes «recrues».

Sylvain se gratte la tête. Il ne comprend plus rien.

— Enfin, soeurette, même si mon équipe a du talent, il faut que je la fasse travailler! s'exclame-t-il en écartant une mèche qui est tombée sur le visage en larmes de Myriam. C'est ce qu'on attend de l'instructeur d'une équipe de hockey!

7
Des questions, des réponses

— Une équipe de hockey? s'exclame Myriam. Mais... et les paquets? Et l'argent?

— Oui! poursuit Raphaël. Pourquoi caches-tu dans ta chambre l'argent que les jeunes te donnent en échange de paquets pleins de je ne sais pas quoi?

Sylvain éclate de rire.

— Ça, tu l'as dit, le jeune, tu ne sais pas ce qu'il y avait dans ces paquets! Des cigarettes? De la drogue, peut-être?

Il regarde Myriam et Raphaël, un sourire aux lèvres.

— Eh bien, non! Il y avait simplement le numéro et les lettres que chaque joueur doit coudre sur le chandail de son uniforme. Et l'argent, c'était pour la location de la patinoire et de l'équipement!

Sylvain explique ensuite qu'il avait hésité à accepter Raphaël parmi ses «recrues», parce qu'il avait vu ses... exploits au cours de patinage. Il n'arrivait donc pas à imaginer l'ami de sa soeur en train de jouer au hockey!

— Alors, demande Raphaël, pourquoi ne voulais-tu pas que je parle de notre conversation?

Sylvain semble embarrassé. Mais il répond tout de même, avec un sourire en coin.

— Vous allez trouver ça bête, mais vous avez le droit de

savoir. Je ne voulais pas que la bande du grand Sam apprenne que je m'occupe d'un groupe de jeunes. Ce n'est pas cool de jouer avec les petits. Vous comprendrez sûrement... un jour.

En attendant de «comprendre», comme dit Sylvain, Myriam et Raphaël se regardent, penauds. Mais le frère de Myriam a l'air de trouver cette histoire très drôle et il ne semble pas en vouloir aux deux amis.

— On va patiner, maintenant? demande-t-il en souriant. J'ai apporté un équipement pour Raphaël.

Raphaël devient rouge comme une tomate.

— Mais... je... je ne sais pas patiner, bafouille-t-il.

Sylvain éclate de rire.

21

— Je le sais! Mais ça s'apprend. De plus, il me faut un gardien de but pour l'équipe. Pas besoin de patiner comme Wayne Gretzky pour ça. Alors, tu veux essayer?

— Certain! s'exclame Raphaël.

Quant à Myriam, le hockey ne lui dit rien. En fait, elle n'aime pas patiner. Elle gèle tout le temps des pieds.

Conclusion

Deux heures plus tard, l'instructeur et ses «recrues» quittent le lac sur lequel ils se sont entraînés. Puis ils se dirigent vers le chalet.

Sylvain marche à la tête du groupe, encadré par Myriam et Raphaël.

Ils avancent tous d'un bon pas... jusqu'à ce qu'un appel les arrête.

— Attendez-moi! Attendez-moi...! Je ne retrouve plus mes bottes!

Sylvain et Raphaël échangent un clin d'oeil et pouffent de rire...

pendant que, très loin derrière eux, Damien se démène comme un diable.

Pas facile de marcher sur un chemin de terre inégal, glacé et légèrement en pente... quand on est chaussé de patins.

Table des matières

Achevé d'imprimer
sur les presses de Litho Acme Inc.